KB162141

사랑은 아무나 하나

함남식 시집

시인의 말

직선이 가지런히 누운 노트를 보거나
백지를 보면 자꾸 뭔가 적고 싶어 손이 간질거린다.

깨알 같은 글자들이 노트를 채우는 뿌듯한 날도
귀퉁이에 덩그러니 몇 글자들이 웅크린 날도 있다.

언젠가
TV에서 눈 내리는 모습을 보았다. 그리고 혹시,
내가 잠든 사이
함박눈이라도 내리면 어쩌나 하는 걱정에
자주 창을 열어보던 날
백지에 채우지 못한 여백들이 눈밭처럼 보였다.

눈밭을 헤매던 연필과 빗속을 무작정 돌아다니던

펜의 흔들림이 길이 되고 말이 된다.

일상이 시(詩)가 되기도 하지만
그런 일상마저 허구로 쌓이는 날이면
끙끙 앓던 가슴이 글자들에 둘러싸여 흔들렸다.
이제,
내 시어(詩語)들이 짝을 맞춰 앉더니
겨우 시집 한 권으로 모였다.
세상으로 나가는 문 앞에서 단어들이
달뜬 얼굴로 나를 본다.
마주보며 내 시가 되어준
세상의 모든 것에 감사하며 문을 연다.
삶과 사랑과 사람들에게 고마울 따름이다.

2024년 매화꽃 봉오리 앞에서 쓰다

차례

차례

함남식 시집

사랑은 아무나 하나

도서출판 뿌리

너를 기다리며

단단한 장벽이
나를 둘러싸고 있다기에
사력을 다해 거두었다

굳게 잠긴 문이
겹겹이 가로막는다고 하기에
활짝 열어두었지만

너는 오지 않고
찬바람과 침묵만 돌아와
혹시나 기다려보지만

나는 이미
열린 문 닫고 잠그고
또다시 장벽을 쌓고 있다

밤하늘

인적 드문 바닷가
펜션 간판
오밀조밀 늘어선 목가촌木家村

살방살방[1]
삐거덕거리는 데크길을 벗어나니
별은 쏟아지고

북극성 북두칠성 카시오페이아를
찾다 보면
어느새 유영游泳

1) 사랑살방 - 살금살금의 경상북도 방언

가슴 시린 날

바람 따라 갔더니
연오랑 세오녀 떠난 곳

김유신은 말의 목을 칼로 내쳤다는데
내 기억은 무엇으로 내쳐야 하는지

그리움 귀비고[1]에 수장收藏했지만
내 심장은 여전히 가득 넘치고 있다

1) 세오녀가 짠 비단을 보관했던 창고의 이름

카카오톡

한 글자에는 정성을 담고
또 한 글자에는 마음을
이모티콘에도 진심을 담았다

오늘도 나는
짝사랑을 키우고 있나보다

카카오독 2

1

1

1

읽지도 않고
대답도 없다
차단 된 줄도 모르고
매일 매일 보내는
안부

짝사랑

마주치는 눈길에
화들짝
애써 다른 사람에게 눈 돌리지만
의지와 상관없이
눈은 자꾸만 한곳으로 향한다

뒤섞인 두런두런에
마음은 흔들리고
들킬까 쑥스러워
애먼 사람과만 이야기 하다

돌아가는 길
긴 한숨 드리우고
뒤돌아보며
탄식만 연신

포스트잇

사각 직사각 그리고 동그라미
노랑 하늘 핑크 연둣빛 메모지에
눈으로 쓴 메시지 담아
여기 저기 붙여본다
메아리처럼 답장 붙어 오겠지

사랑은

헝클어진 머리
부스스한 얼굴
막 잠에서 깨어난 모습에도
감동 하는 것

사랑은 2

해도 외롭고
안 해도 외로운 게
사랑인데
할까 말까 망설이다
어차피 외로울 거
그냥 혼자서
몰래 사랑하렵니다

사랑타령

사랑이라는 소재는 사람들의 단골 메뉴다
흔하디흔한 게 사랑이라는 주제다
그렇다면 사랑이라는 주제는 이제 쓸 게 없어야 하는데
지금도 사람들은 사랑 타령을 하면서
사랑의 시를 쓰고 있다
그렇게 보면 사랑이라는 오브제는 영원한 시적 대상이라고 할 수 있다
오늘도 그 사랑 타령 해본다
여러분들도
사랑 한 번 하시겠어요?

사랑은 3

언제
어디서든
네 옆에 나
내 옆에 너
당연한 우리
언제나
함께 하는 것

사랑은 4

빠지는 게 아니고 스며드는 것

그래서
어느 날 갑자기 흠뻑 젖어있는
자신을 발견 할 때는
이미 늦었다는 것
사랑이 스며들어 물들면
세탁해도 지워지지 않는 것
한 번 스며든 사랑은 죽지 않는 것

자화상

한때는
연극에 뜨거웠고
음악에 미쳤고
그림에 빠졌다
그리고
지금은 시인이 되어
나를 노래한다
친구를 노래한다
삶을 노래한다
후회는 하지 않는다
그것은 내 모습이 아니니까
그냥 담배만 필 뿐이다

사랑은 아무나 하나

시작은 조근 조근
발그레한 홍조가 나타나면
어김없이 고성이 오가고
곧이어 멱살을 잡고
주먹 불끈

'네 원수를 사랑하라 (마5:43-48)'

벽에 걸린 빛바랜 액자가 안쓰럽다

사랑은 아무나 하나 2

'사랑은 아무나 하나
눈이라도 마주쳐야지
만남의 기쁨도 이별의 아픔도
두 사람이 만드는 걸
어느 세월에 너와 내가 만나
점 하나를 찍을까
사랑은 아무나 하나
어느 누가 쉽다고 했나
……'

유행가 가사처럼
사랑은
두 사람이 하는 것
혼자서는 절대 못하는 것
나는 혼자니까…….

동백정원

이른 아침 눈을 뜨니
천정에 이름 석자있습니다
돌아누우니 벽에도,
잔잔한 음악 들으며
눈 감고 그 이름 불러 봅니다

환하게 웃음으로 감추지만
부끄러움 묻어나오는 것이
진홍빛 동백꽃을 닮았습니다
어느새 천정은
동백꽃 가득 펼쳐진 정원입니다.

다시 혼자

혼자였다가
둘이였고

둘이였다가
다시 혼자

전에도 혼자였고
지금도 혼자

다시 혼자 2

잊고 있었다
원래 혼자였던 것을

이제

다시 혼자가 되는
연습을 해야겠다

늘 그랬듯

다시 혼자 3

'혼자' 라는 말에는
'다른 사람과 어울리지 않고'
라는 뜻이 따라 다닌다

어울리지 않고 와
어울리지 못하고의 차이가 없다
그냥 '혼자'는 혼자다

다른 사람 아닌 그대와
다른 사람과 아닌 그대와
어울리고 싶다 함께이고 싶다

혼자서
그대를 향해 걷는다
혼자서
그대에게 손 내민다
'혼자' 라는 말에는
그대를 기다린다는 뜻이 숨어 있다.

연습

살다가
연습해야 하는 것 중에는
사랑도 있습니다

사람을
사랑하는 일에는
연습이 필요 했습니다

연습이
필요 없는 것 중에는
혼자가 되는 것도 있습니다

어차피
돌아가는 날도 혼자니까요

새해 첫날

눈을 뜨니
새해 첫 날 아침

뭔가 다를 거 같았지만
눈앞 풍경은 어제와 같다

그래도
분명 다를 거라는 희망을 안고

그래도
분명 달라 질 거라는 믿음을 안고

만사형통의 포부를 열며 시작한다
지난 해 처럼

여행

설레는 가슴 품고 나서니
샛별 마중 나와 동행한다

발걸음 가볍게 마음도 가볍게
생각들 접어두고 종일토록 떠나기만 했다

해는 지고
집에 가지 못한 달이 동행하는 길

기다리는 마음 없어도
끝이 있는 길

여행은 돌아오기 위해
집을 나서 일이다 마음을 나서는 일이다.

소풍

차창 밖
공원 잔디밭에 앉은 사람들
삼삼오오
행복한 표정들

소풍 가고 싶다
김밥이랑 과자
사이다 구겨 넣은 가방 메고
깨금발로 콧노래를 부르며 소풍 가고 싶다
돗자리에 누워 하늘과 마주하고 싶다

어느 겨울 날

눈이 내렸으면 좋겠다
하염없이 내렸으면 좋겠다
세상을 덮을 만큼 내렸으면 좋겠다
그래서
대문을 나서면
온 세상이 하얗게 펼쳐졌으면 좋겠다
눈 덮인 킬리만자로까지는 너무 멀어서
문득
심술을 부려본다
아침부터

기다림

찬바람에 옷깃을 여미고 거닐던
공원길이 아직도 생생

바위에 부딪혀
산산이 부서지는 파도와 나란히 걷던
바닷길도 여전히 그대로

아는 지인으로
아는 아저씨로 남아
가끔 연락한다던 마지막 말이
추억이 되는 순간들

소식 들려올까
풍경소리에도 귀 기울이며
애먼 휴대전화만 만지작
아직도 겨울인데

풋사랑의 기억

정윤희* 같은 얼굴에
깨끗한 미소
다정한 목소리에
온 몸이 녹아 내렸다

넋 나가 추스릴 틈도 없이
내 심장 속 깊은 곳
지워지지 않는 각인으로 남아
지금도 그 모습 그대로

* 1975년~1984년까지 활동하던 영화배우 이름

사년둥이

생일은 일 년에 한 번인데
그는 사년에 한 번이다

우리가 40번을 하는 동안
그는 고작 열 번이다

인생의 사분의 일만 가질 수 있는
슬픈 운명

억울해 하지만
절대 바뀌지 않는 2월 29일생

아침 산책길에서

좁은 산길을 오르면
동백꽃 마중 나온
환한 길이 다시 열린다

나란한 걸음을 축하해주듯
부리나케 꽃단장하는 벚나무
하지만 아직 봉오리

발자국 포개지니 부끄러워
돌아보면
수평선에서 훔쳐보던 일출이
괜찮다고 길게 웃어준다

아침 산책길에서
손을 잡을까 말까 고민하다가
어느새 내려와 버린 짧은 길.

임종

그윽한 눈빛
이제는 보지 못할 사람들을 둘러본다

무표정한 얼굴
두고 가는 마음에 아쉬움이 가득 담긴 듯

꼬르륵 꼬르륵

힘없이 내민 손 꼭 잡으니
그제서야 엷은 미소

꼬르륵 꼬르륵

마지막 펌프질

카페에서

난생 처음
나란히 앉아 바다를 보았다
왠지 연인이 된 것 같은 착각 속에
잠시나마 혼자만의 행복에 빠져본다

카페에서 2

함께하고 싶은 마음에
공감하고 싶은 마음에

언제나
같은 차를 마셨다

카페에서 3

보고 싶었던 마음
커피 잔 속에 감추었는데
내 마음 비쳐진 스푼 때문에
당황한 나를 보며
미소 짓는 그대모습에
또 한 번의 당황

일 상

어제 일찍 잠든 탓인지
이른 아침 눈이 떠졌다
그대로 누운 채 천정을 바라보았다
여섯 살 고양이는
그런 내 모습을 본숭만숭 바라본다

잠시 멍 때리다

오늘은 또 어떤 하루가 펼쳐질지
오늘은 또 어떤 세월의 한 부분이 될지
궁금함에 못 이겨 자리에서 일어나
하루를 시작해 본다

신경주역에서

첫발을 내디뎠을 때
청량음료 같은 상큼한 설렘이
첫사랑 같았다

도시 전체가 박물관이라더니
숨 쉬는 공기조차
천년의 숨결이 느껴진다

어디로 가야 할지
마음 정하지 못하고 서성일 때
지나가던 바람이 속삭였다

'경주는 어디로 가던
신라 천 년의 흔적'이라고
시작해보자 했다 나의 역사를.

어느 겨울 날

한 낮임에도
두터운 외투를 입은 채
이 방 저 방을 넘나들었다

가스렌지에
생선을 구웠더니 집안에 연기가 가득했고
환기를 위해 창문을 연 순간

집안에 들어오려고 호시탐탐 노리던
차가운 겨울바람이
춤을 추며 들어 왔다

식사를 하는 둥 마는 둥
청소를 하는 둥 마는 둥

폭설에 끊겼던 전깃줄이 연결 되었는지
저녁이 되서야 전기가 들어왔다

한 가닥 전깃줄에
삶이 달라진다는 것이
서글프기도 하지만
윤택해지기도 한다는 것에
그저 감사할 따름이다

전기야 고마워

* 한국전력기술 문화예술인 창작지원사업 작품집 「문득 그리워질 그날」(2021)

가출

아침부터 전기가 집을 나갔다
보이지도 않아 찾을 수도 없다
가출신고를 하고 앉아 있으려니
불편이 이만저만이 아니다

하나 둘 사람들이 모이더니
가출한 전기를 찾기 시작 했다
숨을 만한 곳
여기저기를 다 찾아보지만
도대체 찾을 수 없다
반나절을 숨박꼭질 하고서야 찾았다

처마 밑 전깃줄이 낡아 끊어졌던 것이다
집을 나간 것이 아니고
집에 들어오지 못했던 것이다
전기가 집에 들어 올 수 있도록
임시로 연결하여 주고는

새 전깃줄로 바꿔주겠다고 약속하며
속삭였다

전기야 미안해

* 한국전력기술 문화예술인 창작지원사업 작품집 「문득 그리워질 그날」(2021)

샤인머스캣

과일을 즐기지 않는 내가
큰맘 먹고 한 상자 샀다
씨가 없고
껍질째 먹을 수 있다는 샤인머스캣
첫 알부터 입안에 맴도는 씨앗
두 번째도 세 번째도
상자에는 분명 샤인머스캣이라고 적혀 있는데
청포도인가?
사기당했나 하는 생각도 들었다
꼬리에 꼬리를 무는 생각에
맛도 의심이 갔다

인터넷 검색
'성장호르몬이라는 농약 지베렐린이라는 농약을 사용하면
토실토실하게 커지면서 씨앗도 사라진다
때에 따라서는 청포도를

샤인머스캣으로 표기하기도 한다'

농약을 사용하지 않고
집에서 애지중지 키워서 판매한
샤인머스캣으로 결론지으니 달달한 꿀맛

유혹

신뢰하고 구매할 수 있는 곳
원플러스원 서비스

정품만 취급하는 맨스토리!

2023년 12월 조기마감 예상
제2의 월급 만들기

전문 분석가가 암호화폐 가이드를 제공합니다
일일 수입은 30%로 안정적입니다

특별회원안내
환전 깔끔

오늘 급한 대출도
지금 간편 비교로 바로 확인하세요!

하루에도 몇 번씩 띵~ 띵~ 띵~

유혹에 넘어가는 사람이 있으니
계속 보내는 것이겠지?

돌려보내 주오

내 의지와는 무관하게
마음이 네게로 건너갔다
돌아오라고 외치지만
그대에게 자석처럼 붙은 마음
무소식이다

그대
내 마음을 받지 못한다면
돌려보내 주오
흠씬 두들겨 내동댕이쳐
상처투성이가 되었어도
돌려보내 주오

몽 정

노크 소리에 문을 열어보니
눈 부신 빛을 속에 서 있는 당신
그리움의 선물 같은 모습에
반쯤 넋이 나갔지
그런 내 모습 아랑곳하지 않고
도도하게
자기 집 인양 자연스럽게
소파에 앉아 나를 부르는 손짓

나는 감출 수 없는 환한 미소
당신은 다소곳한 엷은 미소
가끔은 서로 파안대소
그렇게 정담을 나누다
마주친 눈빛
누가 먼저랄 것 없이
뜨거운 포옹을 하고
사랑을 나누다 곤히 잠들었다

알람 소리에 눈을 뜨고 보니
빈 옆자리
이런 젠장
반백이 넘은 나이에 몽정이라니

금 연

슬플 때나 기쁠 때는 친구
외로울 때는 연인
떼려야 뗄 수 없는 오랜 사이
한평생을 같이해온 동반자

키가 작고 통통한 모습으로
때로는 키가 크고 날씬한 모습으로
한결같이 나를 지켜준 반려자

네가 싫어졌다며
내가 먼저 결별을 선언 했다
이제 서로의 갈 길을 가자며
나보다 더
너를 사랑하는 사람을 만나라고

꿈

꿈은 참 좋다

악당과 싸워서 이길 수 있는 어벤저가 될 수 있고
정의를 지키는 사도가 될 수 있고
초인이 되어 나의 세상을 만들 수 있고
모든 것을 능가하는 성인이 될 수도 있다

그중에서도 제일 좋은 것은
내가 좋아하는 사람을 만날 수 있고
내가 사랑하는 사람을 만날 수 있고
그리운 사람을 언제든지 만날 수 있어서 좋다

로 또

살 때부터 부자인 양 행복했다
무얼 할지 곰곰이 생각하고
노트에 적어 가며 메모까지 했다

17 26 29 30 31 43 + 12
일주일 기다려 가슴 졸인 결과는
꽝

그러면 그렇지
1/8,145,060 확률의 1등은 고사하고
1/45 확률의 5등에도 들지 못했다

시도하지 않으면 0%이지만
시도하면 그보다 훨씬 높다는
누군가의 조언이 틀린 말은 아니지만
계속 도전해야 하는지는 물음표이다

그래도
천원을 투자하여
행복한 상상을 일주일씩이나 한다는 건
가성비 좋은 기쁨 아닐까 싶다.

연휴가 끝난 후

밤새 불던 세찬 바람은
기분이 풀리지 않았는지
아침까지 이어졌다
문밖에 내놓은 쓰레기 없어진 건
바람에 날려갔음이 확실했다

세찬 바람 속에 서 있으면
복잡한 마음도 날려갈 수 있을까
연휴 기간 내내
머릿속과 마음속 내전의 종합선물 세트는
종량제봉투에 담아 내놔야겠다

고독

늘 곁에 맴돈다
밤과 낮
걸을 때도
차 안 조수석에도
잠잘 때도
차를 마실 때도
심지어 타인과 밥을 먹을 때도

그런데
싫지 않은 건 왜일까?
익숙함 때문에?
어쩌면
내 삶의 여백일지도

고독 2

적막에 갇힌 생각
필요할 때 아무도 없는
그러나
하늘이 무너질 때
어김없이 찾아오는 너
이젠
고독과 함께
여유를 갖는 것도
괜찮은 삶
또 다른
마음 수양이다

그대에게

그대에게 마음이 가는 것은
이유가 없습니다.

첫눈에
그대가 들어왔기 때문이고
그대 두 눈에
내가 있었기 때문입니다

애써 외면하려 해도
내 시선의 끝은 그대뿐입니다

나도 모르게
그대를 향하는 마음 들키지 않으려 힘듭니다

활화산처럼 뜨겁진 않아도
아랫목처럼 내 마음에 따뜻한 온기를 주는 그대

더 이상의 말이 무슨 의미가 있겠나 싶어
훠-이, 휘저어 흩트리고 가슴에 묻더라도

이렇게 오늘은
끄적거리기라도 해야 살 것 같습니다.

가을비

겨울을 재촉하기로 한
가을비 내립니다

떨어진 것들
잊힌 것들을 촉촉하게 적십니다

가을이 젖고 있습니다
눈물 마른 내 마음도 젖습니다

다시 울어도 되겠습니다
봄이 올 때까지 울며 살아도 되겠습니다.

인 연

'좋은 인연이란?
시작이 좋은 인연이 아닌
끝이 좋은 인연' 이라고 말하지만

좋은 인연은 끝이 없어야 한다
끝이 있다면 그저 그런 인연일 뿐이다
어쩌다 한번을 보더라도
세상 다하는 날까지 이어진다면
분명 좋은 인연이다

악연도 인연이다
악연으로 시작하여 선연으로 바뀐다면
그것이야말로
귀하고 귀한 소중한 인연일 것이다.
악연이 선연으로
선연이 악연으로 뒤바뀌는 것은
사람에 따라 달라질 것이다

누군가의 마음을 얻는
귀한 날을 얻고자 한다면
좋은 인연으로 만들어지고
이어지는 날이 되기를 바란다면
나부터 귀인이 되고
나부터 선인이 되고 볼 일이다

칠석날

애끓는 전설이 전해지는 칠석날
오작교에서 일 년에 한 번 만난다는
두 사람의 날

그 만남 훔쳐보지 말라고 비가 온다는데
오늘도 비가 오겠다

주위에 견우직녀가 없기를 바라고
혹시 있다면 오늘은 멀리 야반도주해서
오래오래 행복하게 살기를 바라본다.

염 선艶羨

돈 많은 사람이 부럽죠?
미남이거나 미녀가 부럽죠?
키 크고 날씬하고 우람한 사람이 부럽죠?
심지어
옆 사람조차도 부럽죠?

그거 아세요?

당신이 부러워하는 그 사람들은
바로 당신을 부러워한다는 사실을.

소 원

소원을 빌어보려고 하면
달이 없다

간밤은 보름이지만
보름달이 보이지 않았다

구름 너머 둥근달이 있겠지만
다른 사람의 소원을 듣기 바빴을 것이다

가난한 우리 마음속에는
야윈 달만 뜨는 것은 무슨 이유인가

사랑을 이루는 소원은
어느 곳에 뜨는 달에게 빌어야 하나.

사는 이유

내가 고독사 하면
강아지와 고양이는 어찌 될거나
걱정이 돼서
절대 아프지도
먼저 죽어서도 안 된다는
신념으로 살아간다
어떻게 보면 강아지와 고양이가
나를 살게 하고 있을 수도.

바람 부는 날

온종일 후려치던 바람이
어제도
오늘도 이어집니다
그 바람 피해
달아나듯 달리고 또 달렸지만
여기서도
저기서도
매섭게 때립니다
아마도
내가 싫은가 봅니다
오늘은
피하지 말고 그냥 반기렵니다.
왜냐하면
그 바람에 실리어
올지도 모르니까요
당신의 향기가
당신의 마음이 함께
올지도 모르니까요.

미안합니다

살아온 길의 끝자락에 서니
당신이 보입니다
긴긴 여정에 지쳐서 잠시 숨고르기 하며
서 있는 당신이 보입니다

앞으로 가야 할 길에 한숨 쉬는 당신에게
무거운 삶의 발걸음을 할까 두렵습니다
수렁 같은
사랑과 눈물의 무게를 얹을까
조심스러워지는 내가 미울 때도 있습니다

그대 마음을 흔들어서
미안합니다
그대를 사랑해서 미안합니다
미안한 줄 알면서도 멈추지 못해
미안합니다

잃어버린 기억

어릴 적 단짝 친구가
기억이 나지 않아
왜 잊어버렸는지 모르겠다.

내가 버린 걸까
세월에 따라 흘러가 버린 걸까
아님 어디에 둔건지 찾지 못하는 걸까

언제 부터인가
하나씩 잃어버리고 있다
잊어버리고 있다
오래된 기억들을

넋두리

폰카로 스노우로 찍으면
젊고 참한
선남선녀로 나오는 줄 알았다

다시 보니

착각 속에 빠졌었다
짜글짜글한 주름
염색에도 희끗희끗 흰머리
나이 먹은 아저씨 아주머니
그것도 늙은

겉모습은 60대 할아버지
마음은 20대 젊은이
정신연령은 촉법소년

아휴

매화나무

달빛 아래 누워
시를 읊조리니 흥이 난다

뜰 앞에 매화나무
활짝 핀 가지를 꺾어
임에게 보내고 싶어 하는
남명 조식 선생님의 시에
작은 가슴 뛰다가 쉬고 있다

우리 집에는
매화나무 한 그루 없으니
떠난 님 회상하지 말고
님의 기억도 함께 보내라는
뜻인가 싶어 책을 덮었다.

시를 읽다가

가끔
시를 읽다 보면
혹은
좋은 글을 읽다 보면
우리는 모두
사랑에 굶주리고 목마르고 갈망하며
행복 또한 그런 것처럼 느껴진다

글을 읽고 있으면
우리는 모두 불행하게 사는 듯한
착각에 빠지곤 한다

정말 그런 걸까
아니면 그냥 부러운 정도의
동경하는 마음일 뿐일까

하

지

만

현실은
내가 상상하면 로맨스요
감수성이 풍부하고 감정이 깊은 것
남이 하면
지랄한다고 하는 건 아닌지
문득문득 궁금해진다.

전시회를 마치고

2주간의 개인 전시를 마치고 나니
준비하던 조바심과
의무감을 다한 후의 후련함보다는
휑한 공허함

전시 작품을 떼어내고
벽에 새겨진 글들을 떼어낼 때는
마치 그녀를 떠나보내는 마음

수많은 흔적을 빠짐없이 읽어보고
소중한 흔적 고이 간직하겠다는 마음으로
방명록을 챙기고
전시장 입구를 지켜준
예쁜 꽃 화분과 꽃바구니를 옮길 때는
쓸쓸하게 퇴장하는 뒷모습

지우개

지워지는 인생은 없다
지워지는 기억이 있을 뿐

어제의 나쁜 기억을
지우고 또 지우지만
지워지지 않고 쌓이는 인생

이제
지우고 싶은 기억은 만들지 말고
지워지지 않아야 좋을
쌓일수록 흐뭇해지는 인생만

닳고 닳은 지우개를 버리고
서랍 속의 새 지우개는
꺼내지 않기를 바래본다

어느 여름 날

아침부터
더위가 착 달라붙어 떨어지질 않습니다
기꺼이 같이 있자고는 했습니다
어차피 피할 수 없으니까요

묻지 말아요

묻지 말아요
어떻게 지내는지
다들 힘들게 지내고 있겠지요

묻지 말아요
못생긴 건 좀 나아졌냐고
나만 못생긴 건 아니니까요

묻지 말아요
오늘은 뭐하면서 지내냐고
잘 지낼 겁니다

무소식이 희소식이라는 말처럼
묻지 않아도
좋은 소식 전할 기회를 기다리고 있습니다
그러니
아무것도 묻지 말아요.

12월

간다
세월이 간다

나무에서 떨어진 것도 억울한데
아무렇게나 구르다가 멈춘 낙엽과 나
남이 보기엔 누가 더 아파 보일까

형형색색 자신감을 뽐내던 가을
짧게 떠난 자리에
딸랑거리는 구세군 종소리
내 인생 절반이 넘어간다는
신호 같다

새해를 맞으면 새 인생이 오는가
늘 기대하며 만나도 또 여유 없이 가는 세월
이렇게 또 한 해를 보내려 한다
오늘까지 잊고
새날 맞이할 준비를 하라고 12월이 간다.

그리움

이 밤 지나고 나면
만날 수 있을까
다시 보자 여운을 남기고
소식 없는 그대

이제는 생각 말자
잊으려 해도
자꾸만 그대 생각에
무거운 마음

얼마나 좋아했는지
얼마나 사랑했는지
미워지지 않는 사람아
보고 싶은 사람아

함께 했던 곳들을
나 홀로 가보지만

당신 모습 보이지 않고
지나간 흔적들만 남아

빛바랜 기억마저 좋아
오늘 또다시 찾아오네

당신 모습 보일까
오늘 또다시 찾아오네

그리움 2

창을 두드려
열었더니
빗방울이었어요

대문 흔들어
맨발로 뛰어나갔더니
바람이었어요

내겐 사랑이지만
그대는 그 비슷함이라도 있을까
마음 먼저 마중 나갔어요

사랑이라기에 웃었다고
기다리지 말라고나 하시지
사랑 한편에 웅크리고

빗소리 바람 소리에

오늘도 부풀었다가 꺼지는

풍선처럼 가라앉은 마음이에요.

히타카쓰 미우다 해변에서

손 내밀면
닿을 듯 말 듯
외로이 서 있는 바위섬

내 마음 아는지
바지춤 걷으면
건널 수 있게 길을 열어준 바다

날카롭게 바위 칼 내밀며
상륙의 대가로
발바닥을 사정없이 찌른다

보이지 않는 뒤편
바위에 기대어 앉아
수평선 너머에 있는 이케다상에게
안부 인사를 보낸다

자목련

베이는 찬바람도
짓누르는 눈덩이도
맺고자 하는 너의 열망을
꺾지 못했나 보다

이름만 들어도
보기만 해도
가슴 설레는 것이
자줏빛 때문만은 아니리니

시집온 새색시
부끄러움 같기도 하고
농익은 여인 같기도 한 것이
어찌 이리도 곱더냐

내 당신을 다시 만나면

꼭 말하리다
내 사랑하는 이와
닮았다고

풍등

잡은 손 놓으니
누가 먼저랄 것도 없이
너도 나도 하늘로 훨훨
남겨진 사람들 두 손 모아
작은 소원 하늘에 전달되게 하소서
간절한 마음으로 기도 한다

수선화

겨우내 언 땅에서 숨어 지내다
봄소식 전하려 나온 당신

잎은 잎대로
꽃은 꽃대로
아름다운 자태에 반하여
죽어서 꽃이 되었다는 당신

다시 태어나거든
살랑바람 불어오는 강가에 앉아
당신이 머문 그곳 이야기 나누며
천년만년 함께

봄

통통 물오르더니
날 듯 말 듯 향기 품고
고개 살짝 내민 봄 꽃잎이
찬바람 휑하게 부니
놀란 듯 다시 봉오리 속에 들어가
꽁꽁 동여맨다.

하지만 어쩌랴
나는 이미 보았는 걸
봄이 시작된 것을

봄 2

아지랑이 피었습니다
나무는 푸른 물들어
여린 잎 나옵니다

사랑했던 나는
그대라는 뿌리가 없어
꽃 피우지 못하는
나무가 되었습니다

우리의 계절은
천둥 번개로 지나고
밤꽃 떨어진 비탈처럼
오늘로 미끄러졌습니다

당신의 기억이
따뜻한 향기로 남은 봄

웃지 않는 빈 나무로 웁니다
바람에 춤추지 않는
뿌리 없는 나무로 웁니다.

보고 싶은 사람

보고 싶은 사람은
보면서 살아야 한다
좋아하거나
사랑하는 사람이라면 더욱 그렇다
그렇지 않으면
상사병에 걸려 전설의 꽃이 되거나
풀잎이 되어 영원히 못 볼 수도 있다

훗날

세월 지나서 백발이 되어
후회하며 눈물 훔치지 않으려면
보고 싶은 사람은
보면서 살아야 한다

한 송이

벚꽃놀이 갔어요
당신 좋아하던 꽃길
혼자 걸어도 좋았지요

한 송이
먼저 떨어진 꽃을 보고
멈췄어요

바람을 탓하지 않아요
너무 일찍 핀 것도
죄가 되진 않아요

나무에서 떨어진 꽃
당신에게서 떨어진 날 닮아
두고 올 수 없어서 손 내밀었어요.

면 역

감기를 앓고
면역력이 생겼습니다

알레르기도
견디지 않고 이겨냅니다

이별은
약이 없습니다

한 번 더 이별을 해도
면역이 생기지 않습니다

당신 생각으로
자주 아파도 견디고 있습니다.

사 진

머리를 다듬고
다림질한 옷을 입고
밝은 빛 속에서
사진을 찍었습니다

내일보다
오늘을 남기는 것은
당신을 보지 않고
잘 지내는 기록입니다

언젠가
나란히 사진을 찍을 날
그날에 어색하지 않으려
웃음도 고르고 찍었습니다

당신을 가슴에 품고

사진을 찍으면
언제나 밝은 얼굴입니다
아직 젊은 눈빛입니다.

그리움의 다른 해석

아침 햇살에 화가 납니다
날이 너무 좋아서
당신이 즐거울까 당신만 좋을까

비 오는 날은 화가 납니다
빗소리 좋아하는 당신
우산 속에서 웃을까 당신이 웃을까

눈 내리면 창을 닫아도 화가 납니다
손바닥에서 물이 되는 눈雪 보며
당신이 행복할까 혼자 행복할까

단풍에도 무지개에도
늘 화가 나는 것은 그리움 입니다
당신을 그리워하는 마음입니다.

샌드위치

혼자 먹기엔 많아요
반쪽씩 나눠 먹어야 좋아요
언제 오실 거에요?
좋아하는 샌드위치
당신 없이 아직 못 먹어요.

연필 한 자루

편지를 쓰려고 연필을 깎았습니다
간편한 세상
메신저나 메일이 아닌 편지를 씁니다
첫인사를 이름으로 하나
계절인사를 할까 고민하다가
수신인과 발신인 사이가 멀어졌습니다
새 연필이 몽당연필이 되도록
붙이지 못한 편지 방안 가득합니다
이제
편지지가 고민입니다
당신이 좋아하는
분홍 꽃잎 파란 바다 뭉게구름
어떤 바탕 그림이 좋을까요
편지를 쓰려고 연필을 깎습니다
연필 한 자루 모두 깎아내고 새 연필입니다.

사랑의 미라 만드는 법

사랑 방부 처리법에 의해
습도가 맞아야 하니 건조한 날을 잡는다
초기 이집트 왕족 방식대로
영혼의 불사와 사랑의 부활을 철석같이 믿기
다음은
슬픈 기억은 제거하고 멍울진 가슴은 풀어낸다
깨끗해진 사랑을 야자수로 씻고 눈물의 향료로 다시 씻는다
이 과정이 지나면
추억으로 다린 송진을 바르고 함께 했던 사진으로 꽁꽁 싸맨다
계수나무 껍질과 유향을 빈틈에 채우고
만남과 이별의 씨줄 날줄로 만든 아마포로 싸맨다
마지막은
고무나무 화분에 숨겨둔다
다시 사랑이 싹트면 내 심장도 뛸 것이다
그래도 아직 미라를 만드는 티베트에는 가지 않는다
다른 사랑의 불사를 만나면 안 되기 때문이다.

약속

어디까지가
기다려야 하는 약속이 될까

'연락할게' 와 '연락하자'
'다음에 보자' 와 '또 보자'

당신은
'……' 이렇게 떠나고
나는
'……' 이렇게 남았습니다

언제까지가
약속의 기다림 기간 일까

'언젠가 한번' 과
'나중에 연락하자' 던 이별의 약속.

함남식 시집

사랑은 아무나 하나

· 2024년 02월 20일 인쇄
· 2024년 02월 29일 발행

지은이 함남식
이메일 nsham@hanmail.net

펴낸곳 도서출판 뿌리
등 록 1993년 4월 2일 제13호
주 소 경주시 금성로408번길 16. 경우오피스텔 705호
전 화 (054)771-3529, 010-4801-1607
팩 스 (054) 771-3529
메 일 poem214@hanmail.net

정 가 15,000원